CB072701

Romântica
Nostálgica
&
Erótica

Lorenzo Madrid

Romântica Nostálgica & Erótica

50 Poemas

novo século

Copyright © 2003 by Novo Século
Mediante contrato firmado com o autor

SUPERVISÃO EDITORIAL: Silvia Segóvia
EDITORAÇÃO ELETRÔNICA: Sergio Gzeschnik
CAPA: Renata Pacces
ILUSTRAÇÕES: Moisés Ferreira
REVISÃO: Renata Kortenhaus

Dados Internacionais de Catalogação na Publicação (CIP)
(Câmara Brasileira do Livro, SP, Brasil)

Madrid, Lorenzo
  Romantica, Nostálgica e Erótica / Lorenzo Madrid; Novo Século Editora, 2003.

1. Poesia brasileira   I. Título.

03-3975   CDD-869.91

Índice para catálogo sistemático:

1. Poesia : Literatura brasileira

2003
Proibida a reprodução total ou parcial.
Os infratores serão processados na forma da lei.
Direitos exclusivos para a língua portuguesa cedidos à
Novo Século Editora Ltda.
Av. Aurora Soares Barbosa, 405 – 2º andar – Osasco – SP – CEP 06023-010
Fone (11) 3699-7107
e-mail: editor@novoseculo.com.br

A meu pai; Poeta maior,
Quem me ensinou e me
legou o gosto pela rima

A Raquel; Esteio dos meus atos
Farol do meu caminho

Não é o poeta que cria a poesia.
E sim, a poesia que condiciona o poeta.
Poeta é a sensibilidade acima do vulgar.
Poeta é o operário, o artífice da palavra.
E com ela compõe a ourivesaria de um verso.
Poeta é ser ambicioso, insatisfeito,
procurando no jogo das palavras,
no imprevisto texto, atingir a perfeição
inalcançável...

Cora Coralina
(O Poeta e a Poesia)

SUMÁRIO

Prefácio 11

Romântica

Manhã de Inverno 15
Tarde de Chuva 16
Breve encontro 18
Passeavas pela praia 19
Ninfa 20
Amada 21
Entrega 23
Escrevendo 26
Noturno 28
Traindo 30
Partindo 32
Voltando 33
Lembranças 35
Renascer 37
Esperança 39

Nostálgica

Quando? 43
Pássaro Migratório 44
Andarilho 45
Then 46
Triste em Paris 47
Solitário em Nova York 48
Tango em Buenos Aires 50

Um bosque nos Alpes 52
México 53
Carnaval de Veneza 54
Quem Será? 55
Meus versos 57
Cacofônica prosopopéia 58
Água Corrente 59
Sepulcro 61

Erótica

Baile 65
Temperos 66
Imperfeito Soneto 67
Miragem 68
Meu sonho 69
Cinemateca 70
Profundamente 72
Penetração 73
Rotina 75
Mar Atlântico 77
Saudades 80
Gota 81
Halloween 83
Memórias 85
Obscena 90
Identidades 93
Te Abraçar 95
Santiago 97
Lia 99
Teu Corpo 101

Prefácio

Trinta anos se passaram, senão mais um pouco, desde que vi a primeira vez o engenheiro de olhar brilhante e com cultura refinada que se sobressaía entre os colegas.

Eu ria muito toda vez que conversava com Lorenzo, que para tudo tinha uma resposta e uma habilidade. Bom em matemática, leitura, computação (então um tormento para muitos daquela época de cartões perfurados e máquinas gigantes), também se aventurava de maneira profunda na fotografia, nos esportes, na prosa e também na conversa interessante de não se ver o tempo passar.

Ainda embrionária no início da década de 70 (do século passado), foi a computação o que lhe chamou mais a atenção e ao que acabou devotando trabalho de 25 anos com êxitos notáveis, alguns financeiros, mas todos intelectualmente soberbos. Atenção, porque é comum confundir computação com informática. Não, esses primeiros talentos que se lançaram no desenvolvimento de softwares nacionais, mais entendiam da intrincada teoria da computação, que das meras tecnicalidades de lançamentos recentes de chips e placas (a computação parece ter virado hoje um artigo de consumo com moda verão e inverno, deixando o usuário totalmente estrangeiro e alienado do que é a base intelectual que a torna possível).

Passaram-se quase 20 anos e me tornei professor da Escola Politécnica, não sem alguma estranheza de muitos pelo fato de ser médico psiquiatra. Ora, o sistema nervoso é um sistema eletrônico. Devo manter minha pesquisa e ensino em meio aos politécnicos!

São já muitos anos que me deparo com a dificuldade que têm, eles muitos dos politécnicos, de escrever no vernáculo, embora exímios na matemática e computação. Talentos diversos. O mundo precisa de todos. Porém, não foi sem algum espanto que Lorenzo me mostra sua obra poética. Esperara tudo ou muito do amigo plural, mas o grau de complexidade, crueza realista e técnica apurada de seus versos, não são comuns no engenheiro.

A complexidade da temática, por vezes passível de ser tomada como explícita, mostra o fazer concreto do homem de ação. A crueza de certos poemas também mostra o compromisso com a realidade. A nostálgica, embora aparentemente distante do pensar formal e rigoroso da matemática, do cálculo e da computação, não me fazem estranhar. Platão já apontava as figuras geométricas como povos do mundo das formas perfeitas. O triângulo desenhado já é um triângulo corrompido por pequenas imperfeições. Só existe triângulo perfeito no mundo dos conceitos, bem como só existe sistema perfeito, ou software ou poesia, no mundo das idéias ou da cuidadosa reconstrução nostálgica do passado, da figura da pessoa amada, do corpo transposto, desejante e desejado.

Sim, Lorenzo se supera, não como poeta, porque não me atrevo a julgar o mérito da obra, mas pela maneira como deixa nas entrelinhas expresso seu talento variado, seu sorriso altivo, espécie de cavaleiro fidalgo à Cervantes, e, com cabelo já grisalho, mantém o mesmo olhar agudo, a mesma fleugma, ironia e profundidade da juventude, agora bem destiladas pelo tempo e pela dor, pela sofisticação que, nas letras, ao contrário das matemáticas, só vem com o passar lento das décadas.

Grande começo para o jovem senhor, agora também fazedor de versos. Que tenham a mesma sorte que muito da sua obra em outros domínios.

Henrique Schützer Del Nero

ROMÂNTICA

MANHÃ DE INVERNO

Os passos se repetem por sobre a calçada úmida.
A névoa da manhã e o barro frio.
E nos galhos tristes os pássaros dormem.
A monotonia reina, a incerteza impera.

E no cinza da manhã, a encruzilhada chega.

E no peito oprimido, o coração se agita,
contorce, grita e reclama.

Mas é preciso seguir
E a dúvida acaba.
E os passos se repetem decididos,
Por sobre a calçada úmida.

TARDE DE CHUVA

O asfalto molhado e o cinza do céu
só lembravam tristeza.
As folhas caiam entre gotas de chuva
enquanto o rádio do carro tocava o silêncio da alma
abafando o ranger dos pneus pelas curvas ligeiras.

Mas depois te encontrei me esperando
E nossas mãos de novo se uniram
e pareciam rezar uma prece sem fim.
Nossos dedos entrelaçados
Só falavam de amor
Sem dizerem palavra.

E de peito aberto segui
Olhando de frente
O novo rumo da vida
E em meu ombro deitaste,
como teu ninho e abrigo
e com ele deixaste
Teu perfume e carinho.

Fui herói, fui senhor
Eras minha naquele entardecer.
Meus dedos brincavam travessos
Por teus músculos e braços
e em teus seios pequenos

A chuva tinha parado seu canto
E as luzes da noite se ascenderam de pronto
Na janela embaçada os riscos feitos no dedo
Te queixastes de frio
e te cobri com meu manto.

Mas a vida me fez afastar dessa tarde
Corri pelo asfalto molhado
Escutando sozinho em meu carro
As lágrimas do primeiro adeus.

Lorenzo Madrid

Breve encontro

Pelo caminho,
Vim contando as pedras que pisei.

Eram brancas, eram pretas,
Eram até cor de pedra.

E quando acabaram os números,
Eu encontrei você.

Passeavas pela praia

Passeavas pela praia
e eu te observava.

As espumas do mar
Corriam pela areia para beijar-te os pés.
O vento acariciava teus cabelos e as ondas
rebentavam e morriam
Invejosas por te verem passar.

A noite fez-se chegar mais cedo
Porque tu passeavas pela praia
E a lua brilhou mais forte
Porque tu passeavas pela praia
Os pássaros se aquietaram nos ninhos
Porque tu passeavas pela praia
O mar silenciou suas vagas
Porque tu passeavas pela praia
E tudo emudeceu e tudo morreu
Porque tu passeavas pela praia
e porque eu te amava.

Lorenzo Madrid

Ninfa

A lua banhava teu corpo de ninfa.
Na janela um vidro frio nos separava do mundo
E nele o orvalho brilhava com a luz celeste.

Com teus gestos plácidos e serenos
Nem te parecias mover.
Eras estátua despida
Acostada em leito divino
E contemplavas assustada teu reino de estrelas.

E eu como teu único súdito e rei,
Adorava esse corpo moreno
Suas colinas e campos
Suaves, como uma brisa,
Profundos como o horizonte

Musa de ouro e cristal
Potranca de trote macio
Montei teu corpo sem sela
E mais uma vez nos amamos
Com toda fúria e paixão de nossas almas.

AMADA

Nossas mãos já se uniram
Nestas tardes morenas
E meus olhos buscavam
Os teus olhos escuros
Fui teu leito e escravo
Teu guardião e teu muro
E nas pedras que me fizeram
Nasciam rosas vermelhas.

Nossas mãos já se uniram
Nestas noites serenas
E do céu uma estrela
Foi brilhar nos teus olhos
E da terra uma rosa
Perfumou teus cabelos
E na vida que começava
Seguimos juntos na estrada.

Lorenzo Madrid

Mas o que aconteceu com nós dois
Aonde, aonde foi
Aquela flor de um beijo em vão?
Orquídea que te dei
Na tarde de verão
Na noite que acabou a vida e a ilusão.
Ah, por que olhas assim
Onde estás que não vês
O quanto te amo eu.

ENTREGA

Cor de cinza
Cor de noite
O mundo corre.

O corpo cansado
Do campo de luta.

E no repouso das plumas,
A suavidade das pontas dos dedos
Da mão que conforta
que toca
que aperta.

Pele de nácar
Cetim e veludo,
Pêssego aberto
Boca que suga.

No encontro dos olhos,
Na única lágrima
Se perde o receio
E o corpo se abre, se entrega e se dá...

Lorenzo Madrid

E florescem as plantas
Se abrem as rosas, tulipas e lírios.
Cintilam as águas, as ondas nas pedras,
E o esplendor das estrelas flutua no orvalho,
Na umidade dos beijos
E no encontro dos dedos.

Teu seio oprimido
No contato do peito
E o entregar dos segredos
Feitos de sangue e de mel

Se estremecem os corpos
Se debruçam nos lábios,
E se enchem de vida
As profundezas da vida.

A lentidão se faz dona
das sutilezas do mundo.
Do sorriso da alma.
Do respirar profundo.
Do beijar das mãos.
Do bocejar cantando.

E no silêncio do leito de plumas
No calor dos corpos amados
Adormecem amantes cansados
Banhados no frescor da noite.

Escrevendo

Tentei escrever
o que vi hoje à tarde.

Tentei escrever
os passarinhos nos galhos
e seus vôos delicados.

Tentei escrever
os caminhos que andei montado a cavalo.

Tentei escrever
as montanhas e os lagos,
os vales e os rios,
e o verde e o mato.

Tentei escrever
o pôr do sol majestoso
e o crepitar do fogo brando.

Tentei escrever
a brisa e o vento gelado
que cantava calado
e se perdia no espaço.

Tentei escrever
a quietude dos campos
e a imponência das chuvas
que caíam nos prados.

Tentei escrever
o silêncio das noites de céu estrelado
e a suavidade da cama
que me recolhia cansado.

De tudo tentei te escrever
Mas poucos foram meus versos
Perderam-se as horas na noite
Lembrando das coisas que foram belas
Enquanto estavas aqui.

Lorenzo Madrid

Noturno

As luzes contrastam com o negro da noite
Piscam, cintilam, se ampliam.
Mudam de forma e de cor.
O vento cálido e as areias brancas,
E nas calçadas, gente,
que se olham de frente,
e mesmo assim não se vêem.

E por essa selva adentro eu sigo procurando...
Em cada olhar uma lembrança,
que talvez eu devesse esquecer...
Esquecer uma noite como esta
Quando a lua brilhava potente
Com um turbante de prata
E um manto branco no mar.

Na noite em que foste minha
Teu corpo meu paraíso perdido
Refúgio de um guerreiro cansado de lutar

Nessa noite,
Em que fui dono do mundo
e senhor do universo,
Fui também teu menino
Pequeno brinquedo
Que falava e sorria
Até que um dia chorou.

E hoje, numa noite como aquela,
Eu sigo procurando
Por essa selva adentro
O meu ninho no teu corpo
Como última sepultura de um herói caído.

Lorenzo Madrid

Traindo

Te traí.
E amargurado confesso que te traí.

Te traí pela solidão em que estava
E pelas sombras de tua rua escura.

Te traí pelo silêncio das noites
E pelo frio das manhãs
que me encontravam sozinho
em vão tentando encontrar-te.

Te traí... E meu amor me faz
com que te diga a verdade.
Que outra boca beijei
Que não foram teus lábios
Que outro corpo deitou
Em meus braços cansados.

Ah, cheiro de porto, de peixe e de sal
O amargo gosto na boca
De orgias de carnaval.

Sim, te traí.
E arrependido confesso
que te enganei com meu corpo
Mas me guardei nos meus olhos.

PARTINDO

E tu que te foste sem falar mais nada
E eu que fiquei na solidão tão fria
E tu que te foste sem beijar meu rosto
Em um crepúsculo morto
Alvorecer de um dia.

O silêncio e as sombras, a lentidão e o tempo
Já não mais verei, nem por um momento
Teu olhar castanho e teu cabelo escuro

E eu que fiquei e te vi acenando
Foste embora sem dizer mais nada
E eu que fiquei na escuridão das ruas
E dentro da noite a lua
que me seguiu na estrada.

E tu que partiste e me deixaste sozinho
Chutando feito menino
as pedras de uma paixão

E chorei, ouvindo o sussurro morno do vento
Amargo triste lamento
Das noites de solidão.

Voltando

Voltei.

E olhei o céu e o mar pela mesma janela
E relembrei das nossas velhas promessas...

Naquele mesmo lugar
Caminhei pela praia
Seguindo o mesmo caminho
Que juntos marcamos na areia.

Voltei.
Mas já foste embora
Já não tenho teus olhos
A guiar meu destino
Já não ouço teus lábios
Já não vejo teu riso.

E no abandono da noite
Te abracei pelo nada
Te beijei no vazio
Te sorri pelo escuro
E em meus olhos cerrados
Tua imagem velou
Por meu sono e meu pranto
E tuas mãos me cobriram
E em teu peito dormi.

Mas o sol repicou
Os sinos do amanhecer
E voltei a seguir sozinho
Pelo mesmo velho caminho
Que um dia marcamos na areia.

LEMBRANÇAS

Sentado
Em cima das pedras
Vejo teu rosto distante
Se perdendo no horizonte
No último raio de sol

A brisa soprava forte
E nela se ouviam os cânticos
Dos pássaros do anoitecer.

Teu quarto mesmo fechado
E teu armário vazio
Não deixavam te esquecer

Por quê
No azul do céu e do mar
Ainda restavam vestígios
Das coisas que já te disse
Poema jogado ao vento
Sentado em cima das pedras.

Lorenzo Madrid

E naquela noite de verão
A chuva caiu como um tronco pesado
Molhando folhas e ruas
Lavando almas confusas.

Sentado
Em cima das pedras
Relembro quando
Ela partiu de repente
Procurando seu destino
E pelo caminho deixou
O perfume das rosas vermelhas
e das pétalas caídas.

Renascer

Hoje eu devia chorar
Hoje eu devia lembrar
As noites que já passamos
Recordar os instantes que já vivemos
Dizer as coisas que já dissemos.
Hoje eu devia gritar
Me perder na dimensão do passado
Ao ver que o que não foi meu
Por outro foi conquistado

Hoje eu devia chorar
Mas, ao contrário, eu rio
Ao ver que o que não foi meu
Na verdade nunca seria
Nem que o tempo parasse
Naquele instante sublime
Nem que o mundo acabasse
Nunca serias minha
Porque nunca foste de alguém

Lorenzo Madrid

E hoje eu rio.

Porque dentro de mim
Já não chega a angústia
Não penetra a tristeza
E do lado de fora restaram
Outros prazeres vividos.

Mas hoje eu não posso chorar
Porque encontrei um caminho
Nas trevas de minha alma incerta.

ESPERANÇA

A chama na lareira ainda ardia
E nos campos, a neve se acumulava
Sentado ao lado do fogo
Eu contava as horas passarem
Para quando chegasse o momento
Abrir aquela porta de ferro
E ver-te subindo as escadas
Vestida de branco ou de preto
E poder atirar-me em teus braços
E de mãos dadas voltar ao nosso império encantado ...

Mas as horas passaram
E os segundos agora
confundiam-se com o crepitar das últimas brasas.

Meu copo já estava vazio
e meu peito cansado se abrigava do frio.

E quando o sol nasceu
Meu corpo se deu por vencido
E um par de lágrimas rolou
Dos olhos cerrados pela vida.

Nostálgica

Quando?

Quem sabe qual será meu tempo
Ou por onde pisarão meus passos
Meu barco vai ao sabor do vento
Nau sem rumo, capitão sem compasso

Quem sabe qual será o dia
Em que ficarei aqui parado
Em rede de bilro recostado
Tal qual lusa galera em calmaria

Quem sabe qual será a hora
Que os ponteiros não serão adiantados
Em que o hoje é aqui e agora
E não mais questão de fuso horário

Quem sabe quando será?
Somente a Varig dirá.

Lorenzo Madrid

Pássaro Migratório

Sou como pássaro migratório
Célere, voando entre primaveras,
Planando ligeiro sobre os promontórios,
Minúscula sombra sobre a relva.

Ano após ano repito meu caminho
A rever paragens, reencontrar os ninhos
Pois é assim então meu desalmado destino:
Viver em louca corrida, em desatinos.

E tal como lua nova que renova seu ciclo
Revejo meus galhos e neles repito
O mesmo suave canto matutino

E o bater das asas a cada novo perigo
Me faz voar fugitivo, eternamente ser sozinho
Pois se um dia parar, morro na certa de frio

Andarilho

Já vim e já estou de saída;
Saio no domingo pra Buenos Aires
Depois Portugal me espera
Com caldeirada de Sagres

Se já pouco tempo tinha
Agora tenho bem menos
Pois não só vou pra Argentina
Mas também pros montes Chilenos.

Depois???

Verei os campos verdes da Irlanda
E os palácios vazios do Loire
Os moinhos de vento da Holanda
Entre goles de brandy e poire

Ah... onde ficou meu tempo
De ficar por aqui?

Then

Then thy knight could die for love and pride
When I saw them in the deepest darkness of the night
With the shadows running from the skies
Into the devil moments of my life

Nothing below the purple of the land
Lower than the ashes of the earth
Where the moist sand was alike
The cloudy vision of my eyes

Never before have I been breathless so long
Fears ahead for the steps to come
Building my years of white and snow
And breaking my heart with sadness tough

I walked away from that heat and craziness
Looking for some helpful song, whispers in my mind
Blowing promises in my eagerly ears
Like sweet toasts of colorful vines

Triste em Paris

Je suis triste…
Como a névoa úmida do entardecer
Sobre os túmulos de Père Lachaise

Je suis triste
Como o vinho que se perde
Entre os bailes da Comedie Française

Je suis triste
Ao ver os pássaros partirem
Após um verão em laissez faire

Je suis triste...
Como sempre fui.
Lembranças do que quis ser.

Lorenzo Madrid

Solitário em Nova York

Pena que não vieste.
Tua cama ficou vazia
Os cabides solitários...
As toalhas dependuradas
Não sentiram tua pele
Nem minhas mãos te tocaram.

Os pássaros desta manhã
Não voaram nem cantaram.
As longas sombras do dia
No final da madrugada
Corriam atordoadas
Pelas pálidas esquinas.

O champanhe perdeu o gosto,
Suas borbulhas se foram,
O chocolate embrulhado
Derreteu, ficou mofado
E as flores da varanda
Nem sequer desabrocharam.

Na Times Square os tambores,
As luzes em múltiplas cores,
Nem os carrinhos de pretzels
Com seus adoráveis sabores
Me fizeram achar graça
Desta cidade apressada.
Esperei tua chegada
Mas acabei sozinho no nada.

Lorenzo Madrid

Tango em Buenos Aires

Y en un tango arrabalero,
Te beso los labios rojos
Mis manos por el terciopelo
De tu falda en negro color

Con un sombrero de malandro
inclinado sobre mi cabeza
Te doblas sobre mis brazos
Con las espaldas desnudas
y en un escote de primera
Relucen tus senos blancos

La media de malla negra
Los zapatos de cuero y tacón
Que bailan en una milonga
Al ritmo de un bandoleón

Por las calles del viejo puerto
Las piedras de la vereda
Los pasos de una pareja
Que para, que mira y sonríe
Por que saben que una noche
Por las docas de Madero
No se termina sin beso
Después de oír a Gardel

Mi Buenos Aires querido
¿Cuando te volveré a ver?

Lorenzo Madrid

Um bosque nos Alpes

As gotas do chuveiro brilham por tua pele de seda
Como cristais de gelo sobre uma janela nos Alpes
Minúsculas, pequenas como carícias suaves
Em mutirão te percorrem como alameda

Vejo pela fumaça teus cabelos molhados
Ninho de doçura, acalanto de menino
Fonte de luz que ilumina no espaço
O triste lembrar de um tempo passado

Por onde quer que te movas
Sigo teus passos imaginários
Como marcas ligeiras deixadas
No bosque azul de mirtilos

Que aroma exala teu corpo
Sinto o cheiro de teus passos
No despertar dos pássaros
Entre os cantos do amanhecer

MÉXICO

Estou no México.
Aonde a pobreza é subserviente
Às castas do poder.
Aonde o ar é rarefeito e poluído.
Aonde o brilho do passado ofusca
A podridão do presente.

Estou no México.
Louca cidade. Mescla de culturas.
Aonde o fogo travestido de fé
destruiu a maligna arte da terra profana.

Terra de absurdos contrastes entre
Dias de completa e vil exploração.
E eu por aqui sozinho
Sem saber direito
Meu próximo destino...

Carnaval de Veneza

Haverá entre as pedras o marulho das ondas
Haverá entre as ondas o destino e o sal
Haverá entre as águas o frescor de tua boca
E haverá em tua boca o silêncio do mar

Em tuas vestes molhadas cintilarão as estrelas
Costuradas com contas de vidro em cetim
Tua pele grudada em tecido novo de seda
E tua alma vestida como um querubim

E descerá do céu o mais mágico poeta
Vestido a caráter, como pierrô de Veneza
Para derramar sobre ti perfumes de nobreza
E te cobrir com folhas e pétalas vermelhas

E em múltiplas cores numa fantástica pirueta
Abrir-se-ão em flores mil leques de renda
Todos os truques feitos, mas uma só certeza
De que nada aqui se compara a tua sutil beleza

QUEM SERÁ?

Quem será essa mulher curiosa?
Que se esconde entre as linhas frias
Das falas que ela me diz?
O que ela faz no seu tempo de glória
Se me escreve de dia
Poemas como Beatriz?

Quem será essa mulher curiosa...
Mescla de artista, bailarina e atriz
Tão deletéria como aroma de rosas
Fugaz lembrança como marca de giz

Quem será essa mulher curiosa?
Sensível e delicada como gota de orvalho
Por onde voarão seus sonhos de moça?
Serão castelos etéreos na lua
Ou paredes firmes no chão?

Lorenzo Madrid

Quem será essa mulher curiosa
Que me atiça, me urge e provoca
E por mais que procure uma brecha
Seu nome ela sempre me nega
A me deixar assim sem resposta...

MEUS VERSOS

Fazei de meus versos tua fonte de loucura
fazei de cada letra uma vela em candelabro
como artesão compondo em prata pura
um menorah de eterno amor sagrado

Fazei de meus versos o trampolim para o infinito
no espaço multicor de teus belos mimos
a exegese, a dança a pirueta e o mito
o orgasmo, o êxtase e teu último grito

Fazei de meus versos um caminho, uma trilha
palavras em cadeias salpicadas de rimas
a te levar ao máximo resplendor da vida

Fazei de meus versos teu vinho e teu pão
inebriado de aromas, sementes de paixão
a satisfazer tua fome em minha solidão

Lorenzo Madrid

CACOFÔNICA PROSOPOPÉIA

Pérola perdida entre as pedras do passado
Pérfida história de maldades cometidas
Cáustica fonte de verdades inquiridas
Na cínica memória do tempo inacabado

Trôpego tráfego de gente adormecida
Lúcidas sombras de esferas partidas
Clássicas formas de nudez empalidecida
Nas últimas gotas de um espermaticida

Trato de um contrato abstrato
Trema esquecido de um vocábulo raro
Túrgida dor de seio amamentado

Múltiplo, tríptico, ciclônico verso
Prático prato de alimentar teu sonho
Como acústico ritmo de adormecer anônimo

ÁGUA CORRENTE

Como água corrente, foi-se o meu amor.
Como chuva que rola na estrada
Como barro da montanha
Descendo pelas encostas
Aturdindo de espanto
Os pássaros do verão.

Como água pelo ralo, lá se foi o meu amor
Perdido nas gotas de pequenos detalhes
Deixando marcas de zinco, zinabre e zarcão
Como ferrugem vermelha em casco de galeão
Apodrecida madeira, troncos em solidão

Como água de rio bravo, lá se foi o meu amor
Tormenta de meus dias em cântaros caídos
Dilúvios amanhecidos em torrentes de inundação
Destruindo cada ponte, arrebentando meu chão

Lorenzo Madrid

Como água. Como simples e cristalina água
Lá se foi o meu amor.
Límpido.
Pálido.
Puro.
Como vapor escaldante das fontes da criação.

SEPULCRO

É chegado meu último momento
Dão-me enfim a unção extrema
Longe de ti, finda-se meu tormento
Como dramática morte no cinema

Deixo-te por fim no silêncio do abandono
Regada de afeto, úmida de espanto
Pois já nem mesmo em meus sonhos encontro
Palavras para dizer-te como te amei tanto

Parto para a terra em que habitam os passados
Seguirei meu caminho sem medos e sem temores
Pois é certo vivi a vida longe de seus rancores

Parto desta terra para chegar ao meu ocaso
E encontrar meu túmulo repleto de brancas flores
Lembrança póstuma de todos os meus amores

(Em memória a Kar Maya)

ERÓTICA

Muí reclinado.
24.05.96
Morris Ferro

BAILE

Jamais esquecerei aquele baile de verão
As luzes em cascata e a música lenta
Os rodopios dos casais pelo salão
Teu vestido de seda preta
Teu decote ousado
A fenda aberta
Como teorema
A demonstrar tua perna.

Lorenzo Madrid

TEMPEROS

Como será saber os teus temperos?
Que doce me trará tua boca carmim?
Tu que passas os dias nos pimenteiros
Será ardente teu beijo em mim?

Que sabores trarão tuas travessas e pratos?
Louro, cominho, manjerona, alecrim?
Terá caiena vermelha e gotas de Tabasco?
Ardente será então teu fogoso beijo em mim!

Frutas, doces, compotas e rosas do quintal
Terão lugar em tua mesa, esses quitutes no teu jantar?
Será que me darás um beijo, vestida só de avental?

Quantas dúvidas trazes ao meu simples paladar...
Aromas, perfumes exóticos e especiarias sem igual...
Temperos que nem imagino no encontro do teu beijar

IMPERFEITO SONETO

Meus dias passarão pela vida
Como sabor de vinho bebido
Fumaça inebriando o vento
E se desfazendo no espaço

Mas meus versos ficarão
Sobre as páginas viradas
Indelevelmente marcadas
Eternamente tempo.

Nem grades e nem grilhões
Prendem belas palavras
Elas flutuam caladas
A penetrar corações

Meus versos são etéreos
E o que me fez escrevê-los
Será sempre um mistério

O que me prende a ti não são meus versos
Nem os prazeres do sexo
Afinal só quem os lê é que os pode achar belos.

Miragem

Que deliciosas palavras saem de tua boca
São como bálsamo doce sobre pele de nácar
Quero provar dos teus gestos de louca
Tormenta furiosa agitando meu mar

Que delicioso momento tuas palavras descrevem.
Com tuas mágicas falas me cobristes de encanto
Despudorada mulher, Messalina selvagem
Teus sonhos se farão talvez realidade?

Que deliciosos aromas exalam teus fluidos
Capazes de excitar o mais distante dos homens
E me fazer de noite perder os sentidos

Que deliciosa força tem tua imagem
Que te vejo nua sem te conhecer
Como pérfida deusa de minha miragem

Meu sonho

Em meus sonhos te vi como névoa revolta
Transfigurando-se célere em estátua de pedra
Longínqua musa que em sons se evapora
Até penetrar o meu ser como chuva na terra

Senti teu cheiro e teu gosto entre tuas pernas
Domei o teu corpo como escrava de Angola
Tuas amarras soltei e numa câmera lenta
Penetrei teu sexo como ginete de espora

Entre gemidos e gritos te apertei como algema
Saboreei teus licores e me inebriei com teus cheiros
Respirando o suave aroma de tua alfazema

E beijei teus olhos fechados, mordi a luz do teu seio
Provei tua doce pele de deusa morna e serena
Que me fez explodir em gozo dentro de teus receios

Lorenzo Madrid

Cinemateca

Meus sonhos contigo são estórias de Feline
Envoltas em névoa de paixão e elegância
Vejo-te sempre trajada como diva romana
Exuberantemente bela como Sofia Loren

Meus sonhos são contigo como conto Japonês
Esplêndidos em cores, filmes de Kurosawa
Cheios de mistérios e de incompreensíveis falas
E tu, tímida gueixa, a massagear meus pés

Meus sonhos são contigo obra de Polansky
Densos, profundos, de um sussurrar profano
E em closes perfeitos de primeiro plano
Possuo-te diabolicamente como Rosemary

Meus sonhos contigo são uma imagem serena
Maravilhosamente armada, como se fosse um truque
E em meus olhos fechados por Stanley Kubrick
Lá estás, me pedindo por sexo na última cena

Meus sonhos são contigo como filme erótico
Abundantes de gemidos e de nudezas cruas
Sinto-me afinal como um Michael Douglas
E tu, Sharon Stone, naquele ato explícito

PROFUNDAMENTE

Claramente,
Nitidamente
Te vejo

Esperançosamente,
Pacientemente
Te Aguardo

Timidamente,
Sofregamente
Te beijo

Ansiosamente,
Atentamente
Te dispo

Loucamente,
Ardentemente
Te aperto

E finalmente,
Te provo
Profundamente.

PENETRAÇÃO

Quero te penetrar por todos os sentidos
Possuir-te como objeto de religioso culto
Para te lambuzar por todos os centímetros
Como mel escorrido sobre teu veludo

Quero te penetrar por todos teus momentos
Possuir-te como animal bruto e selvagem
Para controlar tua fúria e sentimentos
Como domador de tua coragem

Quero te penetrar por todos os teus poros
Possuir-te como um lote de terra estéril
Para irrigar teu ser por todos os modos
Como lava ardente a queimar solo fértil

Quero te penetrar por toda tua carne
Possuir-te como mantra de um ser místico
Para misturar-me a cada gota de teu sangue
Como amálgama de ferro, cobre e silício

Lorenzo Madrid

Quero te penetrar por todos os teus orifícios
Possuir-te em segredo como truque de mágico
Para mergulhar em ti meu cilindro fálico
Como espada ritual de sacrifício

Somente assim conhecerei o tempo dos teus segundos
Aprenderei de ti teus mais íntimos temores
Meus olhos guardarão tua nudez fotografada
Despudoradamente aberta como atriz de filme explícito

Terei ouvido então o canto dos teus ais e dos teus gritos
Ecoando pela noite como uivos de fêmea no cio
Súmula sonora de teus orgasmos múltiplos

Terminarás assim entre lágrimas e soluços
Adormecida na lasciva imensidão do último minuto
E eu sorrirei silente meu mais amplo sorriso
Por saber que então sou dono
Do teu sono mais profundo

ROTINA

Repito todas as noites a mesma metódica rotina.
Passo por tua janela aberta a olhar tua cortina
Na esperança que te debruces a procurar estrelas...
Passo todas a noites pisando na mesma calçada
Procurando achar os passos que deixaste nela

Lembro dos dias que passamos entre primaveras
A lida no pasto e o correr dos cavalos bravos
Os beijos roubados no lago ao vento dos colibris
E as carícias trocadas entre os montes de relva

O banho ao final da tarde, tua nua silhueta
Entre os vapores úmidos do chuveiro
A toalha felpuda, o edredom de penas
E o ato consumado em pé, nas paredes do banheiro...

Repito todas as noites a mesma metódica rotina.
Tentando entender em que caminhos te deixei perdida
Tanto amor, tanta paixão assim contida
Como foi que se foi sem sinal de partida?

Lorenzo Madrid

Lembro dos dias em que passamos no outono
O frio das manhãs, as noites sem planos
As longas caminhadas pelos trigais do campo
Eu te carregava no colo como se fosse teu dono...

O jantar na cozinha, o fogão queimando lenha
O pote de barro e o assobio da brisa fria
Te enrolavas na manta...Era tua senha
E me amavas na cama como pervertida

As chuvas de verão inundavam as margens
Os trovões, o estampido surdo dos raios
A janela de madeira te servia de moldura
Em teu perdido olhar para o infinito

Em súbito riso, corrias de pés descalços
Pelas terras do jardim e dos pomares
As roupas molhadas demarcavam teus traços
Estátua nua, deusa diáfana de meus cantares

Repito todas as noites a mesma metódica rotina.
Tentando entender porque te deixei sozinha
Tanto amor, tanta paixão em nossas vidas
Como foi que acabou sem uma despedida?

Mar Atlântico

Eu, tu e ela.
E a infindável travessia
Do doce mar Atlântico.

Saímos de Tenerife com ventos de estibordo
As noites se repetiam em total monotonia
O calor dos trópicos a queimar nossos corpos
E a brisa fresca de proa a nos trazer maresia

Tu e ela. Inseparáveis amigas de infância.
Confidentes de todas as horas e tristezas
Ninfas na plenitude maior de suas belezas
A exibir suas formas nas cadeiras da piscina.

Eu e tu. Jovens, aventureiros, apaixonados ...
Amantes de muitas juras, de infinitos lugares
A percorrer o mundo e seus recantos distantes
A viver cada momento com plena intensidade

Eu, tu e ela.
Naquele pequeno navio
No infindável mar Atlântico...

Lorenzo Madrid

As ondas se repetindo sobre a amurada do barco...
As músicas da orquestra se perdendo no espaço
E na noite de lua cheia, no convés do deck quatro,
Nós três, juntos, compartilhamos o mesmo abraço.

Eu, tu e ela.
Naquele pequeno navio
No infindável mar Atlântico...

Não quero entrar em detalhes
Dos fatos que se seguiram
Mas abraços tornaram-se beijos
Ousados, sem castidade
Minhas mãos tocavam seios
Não sei se teus ou se dela
E assim privados de nexo
Corremos para a cabine
Alucinados de sexo.

Eu, tu e ela.
Naquele pequeno navio
No infindável mar Atlântico...

E nesse mar de muitas ondas
Fui amante teu e dela
Na mesma cama pequena
Minhas pernas se misturavam às tuas
E as tuas, se enredavam nas dela
Quatro mãos sobre minha perna
E os lábios de duas bocas
Mordendo peles morenas...

Os dias foram passando
No infindável mar Atlântico
Já nem mais eu sabia
Qual das duas me restaria
Ou até como ficaria
Nossa paixão incontida

Mas ao chegar ao fim do caminho
Na rota do mar Atlântico
Entre brigas e desatinos
Findou-se este romance tríptico
E cada qual partiu sozinho
Na ânsia de encontrar um dia
O seu verdadeiro destino.

Lorenzo Madrid

SAUDADES

Ter saudades de teu riso intenso
Da tua fala inquieta
De teus gritos
Loucos

Ter saudades de tua paixão imensa
De tua boca aberta
De teus gemidos
Roucos

Ter saudades de tua loucura
De tua roupa preta
De teus úmidos
Cabelos soltos

Ter saudades de tua cama
Dos lençóis de plena alvura
De te acariciar toda
Nua

Saudades...
Ah..... eu também as tenho

Gota

Sou como uma gota silenciosa escorrendo lenta por tua pele
Úmida, de afeto morno, como sensual amante latino
Te provocando arrepios entre gritos agudos
Ecoando perdidos nas paredes do quarto
E te observo malévolo, sagaz e astuto
A contrair os teus músculos

Inquieta loba no cio
Teus uivos acordam todos os vizinhos
Como ecos profundos de um gol perdido
Murmúrios loucos, ensurdecedor ruído
A penetrar teu mar de desatinos

Me vejo entre as sombras a preencher teus vazios
Deslizando alucinadamente entre tuas carnes abertas
E ao arrancar de ti teus melhores sentidos
Vou deixando contigo em teu suave abrigo
Parte de mim, viajor de incerto destino.

Lorenzo Madrid

E assim
Confundem-se as almas como satânica missa
Enredam-se as partes como juncos da margem
Misturam-se as seivas como pasta de argila
Até explodir em líquido gozo selvagem
Tônica beberagem de tua lascívia

Sou como gota silenciosa sobre tua pele
Escorregando em ti e te provocando arrepios
A cada centímetro te abrindo em delírios
E me evaporo assim num átimo de frio....

HALLOWEEN

Nestas noites de novembro
Nas festas de "Halloween"
Conhecerás meu lado negro
O demônio que há em mim.

Amarrarei tuas pernas
Com cordas de nylon pretas
E com chicote deixarei
Manchas roxas e vermelhas

Morderei tuas orelhas,
Nuca, tetas e coxas
E minha língua lamberá
O sangue de tuas costas

Teus olhos tamparei
Com venda negra de seda
E tuas mãos prenderei
Com a prata da minha algema

Lorenzo Madrid

Obediente, cedente e quieta
Te porei arrumada de quatro
No duro chão de madeira
No escuro do teu quarto

Presa e amordaçada
Lívida e apavorada
Ficarás morta de medo
Ao ouvir entre ameaças
O estalido de meus dedos

E assim nua e aberta
Trêmula de horror e de espanto
Cavalgarei teu corpo branco
Como potranca campeira

De teus seios farei rédeas
De tuas nádegas, sela.
E a galope invadirei
Toda tua profundeza

MEMÓRIAS

Deitado, espero tua silenciosa chegada
Na ânsia de ouvir os teus tímidos passos.
De olhos fechados fico a meditar no passado
Enquanto pousas teus lábios sobre mim

Teu respirar profundo são murmúrios em meu travesseiro
Que de tua boca caiena se arrulham como poemas
Escritos como palavras picantes em tons de azulena
Recheadas de mordidas, deliciosas safadezas
Temperadas pelos pincéis de tua língua serena

Ah... Quanto tempo fiquei pálido e morto
Pelo tremendo espanto que tu me causaste
Coisas que me ensinaram o sabor da tua arte
E me deixaram atônito pelo teu lúdico gosto

Memórias que já não tinha desde os tempos de moço
Como frutas no pomar na casa de meus passados
Abacateiros de tronco, amoras por toda parte
E a mocinha na escada, que a gente olhava de baixo
Pra vislumbrar a calçola
E depois se gabar do feito
Aos curiosos moleques da escola...

Lorenzo Madrid

Memórias que já não tinha desde os tempos de moço
Tua boca me bebendo como água fria de poço
Me provocando arrepios e me enchendo de gozo...

Ah... Quanto tempo fiquei pálido e morto...
Todos estes anos sem o sabor de uma aventura
Sem conhecer novos gestos ou brancuras
Nem sonhos, nem travessuras galantes
Que dos anos 70 em diante,
Fizeram-me ser famoso
Pelas amantes que tinha
Nas avenidas e ruas
Mulheres todas nuas,
Cheias de sedução e desejo
Que nas esquinas ficavam a provocar pecados
E que nos quartos faziam delirar seus amados...

Memórias que já não tinha desde os tempos de moço...
Tua boca me comendo como naco branco de coco
Me provocando arrepios e me enchendo de gozo...

Ah... Quanto tempo fiquei pálido e morto.
Foram anos de loucura entre lençóis desbotados
Festas, folias, noites de amargura
Luzes piscando pelas altas madrugadas
Entre as vielas escuras no bairro chique da Lapa
Onde o vento frio levantava
As saias das empregadas
Que se encostavam ao muro só pra a gente bolinar
Entre os decotes abertos, presilhas e feche éclairs
Mãos que percorriam territórios a conquistar...

Memórias que já não tinha desde os tempos de moço...
Tua boca me chupando como bala mole de ovo
Me provocando arrepios e me enchendo de gozo...

Ah... Quanto tempo fiquei pálido e morto...
Dos bailes de debutantes resplendorosos de cores
Namorados agarrados aos beijos nos corredores
Nos automóveis das esquinas, nas praças, elevadores
As coxas se entreabrindo deixando a gente explorar
As matas de pelos negros de adocicado sabor
Curiosos adolescentes, cheios de ilusões
Dedos que investigavam entranhas
Como navegantes antigos
Singrando mar de paixões...

Lorenzo Madrid

Memórias que já não tinha desde os tempos de moço...
Tua boca me mascando como chiclete novo
Me provocando arrepios e me enchendo de gozo...

Deitado em cama de linho
Tu me trouxeste de volta
Um pouco dessas memórias
Do que foi meu tempo passado

E enquanto eu me recordava
Tua boca me mascava como chiclete novo
Me provocando arrepios e me enchendo de gozo...

Enquanto eu me relembrava
Tua boca me chupava como bala mole de ovo
Me provocando arrepios e me enchendo de gozo...

Enquanto eu me relia
Tua boca me comia como naco branco de coco
Me provocando arrepios e me enchendo de gozo...

Enquanto eu me derretia
Tua boca me bebia como água fria de poço
Me provocando arrepios e enchendo tua boca de gozo...

Ah....Memórias que já não tinha desde os tempos de moço...

Dedicado ao Darcio
fiel companheiro
de tantas aventuras

Obscena

Obscena.
Terrena.
Carente de afeto.
Assim que te quero.
Louca.
Afetada.
Qual ninfeta tarada.
Nua.
Crua.
Como puta de rua
Por dentro
Do avesso
De pênis ereto
Me meto
Travesso
Em tua figura

Te ponho
De quatro
Te faço
De gato e sapato
Te assalto
Te traço
Sacio teu grito
Te agito
Repito
Sem prévio aviso
Feito tormenta em navio
Num tropical paraíso.

Lorenzo Madrid

Amasso
Tuas coxas
Entre os lençóis e as fronhas.
Te vejo
Repousas
E nem sei o que sonhas
E bebo
Em teu seio
E te mordo os mamilos
Como cândidas gotas
Pérolas adormecidas
De tua insaciável pessoa

Te rapto
Te ataco
Te judio de fato
Com cordas te amarro
E com chicote te bato
Te laço
No braço
Como vaca no pasto
E com ferro te marco
Com meu símbolo máximo

IDENTIDADES

Tenho tua imagem guardada na memória
Mas vejo tua foto a cada dia que passa
Não sei se te trato como um ato de história
Ou se bailo contigo meu sonho de valsa

Talvez tu sejas apenas, simplesmente uma dama
A quem admiro com idílica paixão
De imaginar-me um dia em tua nobre cama
A entrelaçar nossos corpos na escuridão

Quem sabe talvez sejas uma delicada santa
Que no altar da vida se cansou do profano.
E assim, de noite, te vestirei minha manta
Para escutar as preces de teu religioso canto

Talvez sejas tão inalcançável com uma Deusa
Cheia de jóias raras como ícone tailandês
Aquela, que fertiliza a terra com as sementes cruas
E se multiplica em braços de insensatez

Mas o teu enigma talvez seja de bruxa
Que enfeitiça cada um de meus dias
Varrendo meus passos com tua vassoura
E me seduzindo a alma com tua magia

Resta por fim imaginar-te uma puta
Daquelas que existem em qualquer botequim
Vestida a caráter como mulher de rua
Mas que faz do sexo o melhor dos festins

Te Abraçar

Quero abraçar teu corpo, como rio de corredeira,
Molhar cada pedra, umedecer cada praia,
Entrelaçar meus dedos entre tuas pernas
Como serpente d'água a se esconder na areia.

Quero beijar teu corpo como o vôo da águia
De olhar distante e planar suave
E pousar em teus seios com o hálito fresco
Como se fosse um ninho de eternidade

Quero saudar tua vinda, como vento sertanejo
Firme, forte e com o perfume seco da serra.
Promessa de chuva na aurora do tempo
Para inseminar de vida os sulcos da terra.

Quero penetrar tua vida, como fogo de lareira
Queimar cada tora, arder cada chama
Consumir-te inteira como os troços de madeira
Para que sobres apenas em minha memória.

Lorenzo Madrid

Quero morder tuas carnes, como animal faminto,
Desesperado, aflito, sedento, proscrito
Beber teu sangue em comunhão de espírito
Para tornar-te, assim, meu único delito.

Quero por fim morrer entre tuas cobertas
Saciado de sexo entre tuas entranhas
Meu corpo rígido, frio, morto de infarto súbito
Terá por fim, em ti, se tornado único.

Santiago

Em Cabul, te levarei pelas areias
    até o monte da Pérsia
    e no vento cortante
    do inverno Afegão
    arrancarei teus véus
    e tuas Burkas azuis

Em Paris, me levarás pelas mãos
    a desfilar na Operà
e pelos jardins do Palais Royale
    e arrancarei teu Channel
    e tua lingerie Perlà

Lorenzo Madrid

Em Nova York, correremos pelo Reservoir
nossa maratona particular
até o Battery Park
e arrancarei teu chapéu
teu corpete e anel
e te beijarei à sombra
do arranha-céu

Mas em Santiago...
Ah.. em Santiago.
Te cobrirei com as frutas da terra
Cerejas, pêssegos, amoras
Vinhos tintos, mostos e champanhes
Tal como ritual de Baco,
Com perfumes e tabaco
Entre os píncaros nevados
De um vulcão que nos olha
Sem saber se explode em lava
Ou se espera nossa hora...

Romântica, Nostálgica & Erótica

LIA

Ninguém jamais saberia
Da louca fantasia
Que um dia
Queria
Lia

Segredo de incontável estória
Inenarrável sonho de glória
Brincava com certa alegria
No decorrer dos dias
De poesia
Lida
Lia

Um másculo homem de cortesia
A levá-la feita mulherzinha
Por sobre guias
Entre avenidas
De alegorias
Vestida
Lia

Lorenzo Madrid

E depois de tanto samba e folia
No amasso que se seguia
No beijo que a corroía
Aromas de maresia
Sonho de menina
Sem utopia
Perdida
Lia

E como se já não bastasse toda a euforia
Como se já não fosse claro de dia
Entre as duas quietas esquinas
Ai..., ali ele a possuía
A louca tarada guria
E como ela gemia..
Quanto mais fodia
Mais queria
Na vagina
A pica
Doida
Linda
Lia

Teu Corpo

Quero conhecer de teu corpo cada milímetro.
Lavar tua pele, enxaguar teus cabelos.
Com minhas mãos varrer das coxas aos tornozelos
E com minha boca pousar em teus tímidos joelhos

Meus dedos vão dedilhar cada um de teus pelos
E os meus dentes morder cada um de teus seios
Meus lábios dançarão sobre o esmalte de teus dedos
E chuparei cada um deles com o maior dos meus zelos

E te amarrarei na cama como escrava obediente
Para derramar em ti as gotas de uma cera quente
E em silêncio ouvir teu murmurar cedente

E afinal minha língua adentrará teu úmido sexo
Para sentir o gosto do teu mais íntimo átomo
E arrancarei de ti no maravilhoso ato
O mais profundo grito do teu último e derradeiro orgasmo

Nascido em 1953, Lorenzo Madrid é de uma geração que dançou o Rock de Elvis Presley e vibrou com a Bossa Nova, Beatles, Jovem Guarda e tropicalismo.

Com uma infância rica em experiências - seu pai foi diplomata, escritor e produtor de televisão – Lorenzo cresceu em um ambiente cercado de arte e política, convivendo com pessoas de diversos países e culturas. Isto lhe permitiu, conhecer gente como Pablo Neruda, Dalva de Oliveira, Paulo Bonfim, Guilherme de Almeida, Eduardo Frei, Aldemir Martins e Cláudio Arrau, entre tantos nomes famosos. Também nessa época, a biblioteca da família foi seu refúgio de leitura aonde descobriu os versos de Lorca, Ruben Dario, Gabriela Mistral, Manuel Bandeira, Drummond, Jorge de Lima, Trilussa, além dos Clássicos de Cervantes e Shakspeare. Isto, sem dúvida, marcou eternamente seu gosto pelas artes, principalmente a música e a poesia.

Inicialmente, ainda estudante, dedicou-se à música, participou de vários festivais como compositor e instrumentista, mas acabou por profissão dedicando-se às ciências exatas e formando-se engenheiro pela Escola Politécnica da USP, aperfeiçoando-se nas artes do "software" e dos computadores.

Esse caminho profissional permitiu-lhe durante vários anos viajar pelo mundo aplicando seus conhecimentos técnicos enquanto registrava com sensibilidade em seus versos um pouco do que via e sentia. Apesar de sua formação cartesiana e analítica, Lorenzo nunca esqueceu das lições de vida aprendidas em sua infância, no convívio de tantos mestres artistas e, agora aos 50 anos, nos surpreende com esta coletânea de versos cheios de rimas e sonetos, obra que revela sua faceta desconhecida de poeta, porém sem perder de vista as métricas precisas de um bom engenheiro.

Impressão e Acabamento:
Gráfica e Editora Alaúde ltda.
R. Santo Irineu, 170 - SP - Fone: (11) 5575-4378